句集

中今

なかいま

Takahashi Kenbun

髙橋健文

東京四季出版

中今◆目次

装幀　髙林昭太

句集　中今

なかいま

定年

平成二十一〜二十三年

しつとりと幹濡れてゐる原爆忌

蕎麦の花バスが老婆を拾ひけり

鈴虫を飼ふや定年まで二年

座蒲団は裏返すもの小六月

白粥に落す梅干親鸞忌

煤逃げの砂町波郷記念館

親指はひとり横向き梅の花

枕木が呼吸してゐる春の月

沖波の刃物光りや紫荊

流れゆく花片に遅速ありにけり

のどぐろの喉のぞきこむ傘雨の忌

かはほりに暮れゆく唐招提寺裏

沢瀉や翁の訪ひし北限地

庄内の雨の匂ひの茅の輪かな

舟虫の逃げて義経上陸地

片蔭の尽きて少年鑑別所

東京の八月の雨すぐ乾く

木曾谷の日暮は早し狐花

またひとつ落つる木の実やバスの来ず

午後五時の頰髭勤労感謝の日

日だまりは一畳半ほど帰り花

マンホールあれば踏みゆく年の暮

四温晴ボトルシップの波高し

巻尺をひきずつてゆく冬野かな

独酌のあがりは茶漬安吾の忌

注ぎ口の長き湯沸し二月尽

涅槃図を見てそれからの予定なし

残り鴨数へなほすに指使ふ

ふるさとや瓦礫に沈む春夕日

朴の花空がこんなにも近い

定年や金魚のゐない金魚鉢

箱庭にいまだ暮れざる山河あり

山門は跨いで入る合歓の花

万緑や雨垂れはねてより光る

日盛や画鋲の残る掲示板

ものを食ひながら見てゐる夕焼かな

茄子漬けて故郷の死者を数へけり

何にでも「さうかさうか」と生身魂

机一つ足して二学期始まりぬ

青春に悔いありとせば稲の花

寸断のレール故郷の赤蜻蛉

月も山も象形文字や月上る

秋夕焼武蔵野線に乗り換へる

数へ日の銀座三越牡蠣フライ

子どもらが笑ひみちのく冬の花火

嘴をもつものを浮かべて冬の川

ふるさとに雪降るオルガンの和音
引き返すとき北風の強くなる

歳月

平成二十四〜二十五年

口開けて声の遅るる寒さかな

また折れし白墨そとは四温晴

とこしへに波は打ち寄せ初燕

草の餅もうひとがんばりしてみるか

太巻の玉子はみだす仏生会

葱坊主屋久島行きの船が出る

飛魚《あご》とんで屋久島の雨あがりけり

言葉見つからず松落葉を拾ふ

蟬生る大地震までとそれ以後と

アイスティー搭乗時刻また延びる

夏野原こんなところで川曲る

風評といふものの胡瓜曲りけり

夏霧の晴れて浄土ヶ浜に在り

夕凪のここまで津波来たと言ふ

珈琲にミルク礁に夏怒濤

踝を蟻這ふ原発再稼動

人間をときどき忘れ合歓の花

みづなすにかぶりつくなら朝にせよ

秋暑きわが鈍《なまくら》の鋏かな

草の架路地を曲れば山が見え

暮れてなほ青き稜線すいと鳴く

小春日の風呂敷解けば結び皺

酉の市手締めの好きな人ばかり

列島の腰のあたりの寒さかな

二階より川見え都鳥三羽

歳月や若狭の雪は海に降る

腸に水落ちてゆく初山河

われはいま第三楽章冬の草

雪晴の東京遠くまで淋し

春宵の人差指を濡らしけり

空の青重ね塗りして春の暮

綿棒に右左なし三鬼の忌

行く春の七時のニュース始まれり

日は西の高きに遊び葱の花

神輿過ぎ元のシャッター通りかな

まだこの世好きにはなれずラムネ飲む

魚くさき指先梅雨の走りかな

左手の退屈泰山木の花

緑蔭に鶏と人間農学部
中央に鼻あり汗を拭ひけり

たちあふひ空に残りし端《はした》色
かき氷崩す木の間に波見えて

蛸を釣る国の行く末論じつつ

ひとは人の名前呼び合ひ秋の暮

鯊釣のさびしきものにふくらはぎ

本堂の縁にグローブ秋夕焼

手の温くなれば眠たき木の実かな

鵙高音まつろはぬもの鬼と呼び

人に倦み書に倦み秋の深みゆく

しぐるるや滅《けし》紫《むらさき》の嵐山

二階のみ見ゆる銀閣笹子鳴く

五指にある温度差落葉掃きにけり

白昼

平成二十六〜二十七年

すずなすずしろ雨の降り出す石畳

探梅行検察庁の裏に入る

竜天に登る跳箱置き去りに

佐保川は西に流るる鳥の恋

逃水やひとつの石を蹴り続け

この雨もいつかはあがる百日紅

原発が見え潮浴びの客が見え

米原の待合室のビールかな

油蟬地方新聞死亡欄

アスパラに塩ふり蛞蝓の孤独

熟年に明日あり左手にバナナ

戦争と音なく泳ぐくちなはと

佐渡　二句

夏果てのつなぐ船なきつなぎ石

堂裏に玉葱吊す施餓鬼かな

ごろ寝するなら冬瓜にならふべし
蓮の実のとんで青空は律儀

事件などなき町木の実落ちにけり

蓑虫の揺れそれなりに実直

しぐるるを宇治の蕎麦屋の二階より

マスクして耳朶はいつも不確か

三寒の東京ポケットの拳

天元に石打つ鶯の初音

式典の予行余寒の膝頭

袖通すシャツのつめたき桜かな

生クリームのせて春苺の卑屈

眠くてならぬ小手毬の花咲けば

ゆく春をサンダル履きの街の角
海霧の晴れて見知らぬ国家あり

父死去　二句

紫陽花にとどく夕日や喪服脱ぐ

天までの道濡れてゐる蛍かな

いつも水流るる市場いなさ吹く
思ひ出のなけれど五月雨の渋谷

青空を雲は嫌はずほととぎす

蟬塚の閑けさにある秋気かな

人間の長き腸秋暑し

虫籠にある白昼といふ時間

消しゴムは角から使ふ昼ちちろ

測量実習終る草虱払ひ

午後四時の少し傷ある林檎かな

本立てに本寄りかかる十三夜

冬ぬくしギターに残る指の跡

焚火して部員二人の演劇部

指先の飯粒大事冬至梅

店先の花のむらさき遠き火事

一瞬

平成二十八〜二十九年

太箸に父母山河今もあり

寒いから買ふボールペンの替へ芯

とれさうなボタン建国記念の日
花すべて落ちたるのちの椿の木

わづかなる雨音閏日の寝覚め
同心円の心《しん》は原発鳥雲に

夕桜平和に倦みし国ばかり

海市としか思へぬ街の崩れやう

籐椅子を残して猫の居なくなる

城のある町に雨降るソーダ水

母死去　二句

一瞬の死やみちのくの梅雨長き

さるすべり母との時間が消えてゆく

西日のバス更地の多き街を行く

鳳仙花はじけて水位観測所

瓢箪のくびれに貼られたる値札

矜恃などなけれど子規庵の糸瓜

舌かんでしまひし後の夜長かな

空気にも芯あり林檎かじりけり

缶コーヒー持たされてゐる花野かな

柿ひとつ白磁に載せて夜が来る

ポタージュを温めなほす翁の忌

冬帽子たたいて今日を終りけり

浮寝鳥日暮はすぐにやつて来る

太初より雨は空から鏡餅

寒に入る両てのひらで顔拭ひ

日輪は海へと帰る寒椿

心臓の裏側に降る細雪
黒板の文字は残らず四温晴

富山より手紙のとどく雛祭

春眠しアラビア文字のごとき午後

落椿時間の中を風の吹く

新座・平林寺　二句

無門関提唱つばめ来りけり

臨済宗妙心寺派の桜かな

持ち帰る花の一句と靴擦れと

もの言へば日の暮れかかる葱坊主

桜蕊ふる人間がひとり減り

忘れたきことは忘れず夏みかん

そら豆の莢剝きミサイルの話

天辺に来て噴水の円くなる

蛍火の明滅田水匂ひけり

夕立来る市電駅前停留所
これからの日月あぢさゐの青き

住職の後ろより行く羽抜鶏

ががんぼの脚ちちははの亡きこの世

道問へば途中に清水あるといふ

ひぐらしのごとき手紙の届きけり

ものはぬ一と日雁来紅に雨

台風の眼に入り夜の水うまし

武蔵野のゆつたり晴るる桃吹く日

ラ・フランス居間の調度のごとくあり

湖の上に昼月乾きけり
なつかしきほどの疲れやちちろ鳴く

もの置けば埃の積もる文化の日

大年の爪先立ちて見ゆるもの

中今

平成三十年

高く飛ぶ鳥は孤ならず大旦

箸先の煮凝海嘯の記憶

　中　今

石段に魚籠干してある水仙花

葉物なき畑寒九の日が沈む

核による平和はうれん草ゆがく

春巻の醬油をはじく遅日かな

春手套ものの失ふは日暮時

企みは西方にありつばくらめ

いつもの木いつものそよぎ雛納

おしなべて過去のものなり春の雪

裏山に火のあがる花筵

常永久《とことは》の長さを知らず桃の花

花冷の核もスマホも指ひとつ

而して至る中《なか》今《いま》桐の花

肘までをしつかり洗ふ五月かな

いとまなき生き死に竹の皮を脱ぐ

麦畑日暮の鳥はふり向かず

老鶯の次の声待つ詩仙堂

昼の月夾竹桃の村しづか

遠き日の水のこゑする籐寝椅子

心にも重さありけり夏雲雀

夕暮の山の近づく梅筵

晩年のすでに来てゐる団扇かな

仙人掌の花自信などあるものか

鶏鳴いてアスパラガスの花に雨

未草かゆくなければ耳掻いて

とらへるには惜しい蠅虎である

単線の踏切渡つて来る水着

くり返す愚考向日葵の直立

夏蝶や川の果てなる日本海

誰彼にかまはれ金魚太りけり

この道が好きでままこのしりぬぐひ

竹伐つて影の大きく倒れけり

宵闇の口あけてゐる天袋

人の死や九月の雨に石ひとつ

故郷はうしろ姿の秋没日

竜淵に潜んで電池切れの辞書

午後からは雨の風船葛かな

すぐそこに暗がりのある秋祭

柿食へば種あり地球に核兵器

鬼の子に音楽の降る日暮かな

十三夜俳句を忘れようと思ふ

銀杏散る人はときをり立ち止まる

啄木鳥や日暮は水の中にまで

山栗の獣臭きを拾ひけり
木守柿いつも日暮を待つてゐる

はるけきは昨日山茶花咲きこぼれ

居酒屋の鰈をつつく聖夜かな

冬青空喉が渇けば水を飲む

大年のひとふり七味唐辛子

転生

平成三十一年・令和元年

たまゆらをつなぎあはせて初御空

鶏旦のきのふのままの机上かな

面倒な私がゐる初鏡

老人は進化の途中雑煮餅

真二つに割れて冬林檎の果断

なつかしき波音南中のオリオン

海に雪心にルビをふるごとく
吹きこぼれる牛乳早咲きの紅梅

噛み砕くサプリ一月の埠頭

三陸に涅槃の月の上がりけり

渡る橋なくて流るる春の水

栄螺焼くにほひ原潜潜航中

椿落つ何の愁ひもなき午後に

いつも遠くに一隻の船彼岸潮

鳥帰る故郷失くせし人ばかり

燭台にらふそくのなき日永かな

かひやぐら死者も生者も舟に乗り
ぶらんこに腰掛けともかくもこの世

小乗や足長蜂は脚を垂れ

紅椿落ちどこへでも行ける水

鳥になる万朶の桜くぐるとき

躊躇ひは中指にあり紫荊

森にゐて海の匂ひのする暮春

死に際の我をわが見る桜かな

晩春の岸辺乾いたままの櫂

主宰継承

好日のいよいよ高き幟かな

体内を水ゆく時間朴の花

遠き葬列麦秋の中を来る

欠け落ちし記憶空木の花こぼれ

狐の提灯迷信は不合理

石ひとつ投げて太宰忌の川面

目に見えぬ雨あり蛍袋かな

金魚鉢洗ふ金魚の死にし日に

サングラス形の違ふ耳ふたつ

在五忌の遠き雨音腕枕

原発は罪を問はれず草いきれ

永久にある夕暮烏瓜の花

水無月の柩の窓より見ゆる空

大陸は常に動いて蓮の花

来し方に水ゆきわたる蝸牛

夏蝶に花をしづめる重さあり

人現れて人去りにけり滝しぶき

忘却のための刻あり酔芙蓉

天の川水は草木を眠らせる

八月の雲かがやきて死者のこゑ

生ぬるき雨ばかりなり牽牛花

冬瓜をころがし日月の流る
追憶は漣に似て草の花

待宵の此岸につなぐ舟ひとつ

白まんじゅさげ消したつもりの履歴

長き夜のつぶやきを聞く壺の耳

夜がおりてくる卓上の式部の実

虫の夜の底に残れる甕の水

十月の雨魚たちは濡れてゐる

深海魚にとどく昨日の月明り

汚染水と呼ばるる水や雁渡る

西に三日月飲食を繰り返し

雨音を右耳に聞く秋の暮

背景は海原十一月の薔薇

戻らざる死者の幾人海に雪

光にも起伏ありけり石蕗の花

雨の日もたそがれは来る冬桜

転生のあらば日暮の雪蛍

梟の樹がありの月の上りけり

あとがき

句集『中今』は、平成二十一年から令和元年までの三一二句をまとめた第三句集である。

この間、社会的には東日本大震災を始めとした様々な災害があり、年号が令和に変わっても益々落ち着かない世界状勢が続いている。個人的にも、仕事は定年を迎え、両親を相次いで亡くす等、変化の多い十一年間だった。

何故俳句を作るのか、と訊かれたことがある。よくある答えかもしれないが、自分の存在証明、と答えた。句集を上梓したのは、この十一年間の自分を再確認するためでもある。

句集題名は〈而して至る中今桐の花〉から付けた。「中今」とは、過去と未来との真ん中の今、遠い無限の過去から遠い未来に至る間としての現在をいう。過去の積み重ねがあって現在があり、現在の積み重ねの先に未来がある。俳句を作ることで、その時その時の現在の自分を確認しつつ歩んで行きたい。

令和元年に「好日」第五代主宰を長峰竹芳名誉主宰より継承した。再来年には創刊七十周年を迎える「好日」の更なる充実を図るとともに、自分の俳句がこれからどう変化して行くのか、それを見極め楽しんで行きたいと思う。

東京四季出版の西井洋子様、山下雄祐様ほか、スタッフの方々にいろいろとお世話を掛けた。厚く御礼申し上げる。

令和二年八月

高橋健文

著者略歴

髙橋健文（たかはし・けんぶん）

昭和二十六年　宮城県塩竈市生れ
平成五年　「好日」入会
　小出秋光・長峰竹芳に師事
平成八年　「好日」青雲賞受賞
平成十一年　好日賞受賞
令和元年　「好日」主宰継承

句集に『白墨』『水の器』がある

千葉県現代俳句協会副会長
千葉県俳句作家協会理事
俳人協会千葉県支部幹事

現住所　〒270-0007　千葉県松戸市中金杉二-七八

現代俳句作家シリーズ　耀 9

句集　中今｜なかいま
令和 2（2020）年 10 月 1 日　初版発行

著　者｜髙橋健文

発行者｜西井洋子
発行所｜株式会社東京四季出版
〒189-0013 東京都東村山市栄町 2-22-28
電話：042-399-2180／FAX：042-399-2181
shikibook@tokyoshiki.co.jp
http://www.tokyoshiki.co.jp/
印刷・製本｜株式会社シナノ
定　価｜本体 2800円＋税

ISBN 978－4－8129－0965－2